HARRY STYLES

EXCLUSIVO PARA FÃS

São Paulo
2025

BOOK ONE

BOAS-VINDAS!

Sejam bem-vindos ao *Harry Styles: exclusivo para fãs*, seu guia definitivo para conhecer a incrível trajetória do Harry até hoje! Desde sua primeira audição no *The X Factor*, em 2010, Harry encantou o público com sua voz impressionante e sua personalidade cativante. Mal sabia ele, na época, que aquela fatídica audição o catapultaria para o estrelato global como integrante da *One Direction*, que dominou as paradas pop até 2016.

Depois que a banda entrou em hiato, vimos Harry evoluir de uma estrela pop adolescente para um artista solo maduro e aclamado pela crítica. Também fomos apresentados ao seu talento natural para atuação no icônico filme sobre a Segunda Guerra Mundial *Dunkirk*, lançado em 2017, e testemunhamos seu carisma como apresentador do *The Late Late Show*. Os talentos de Styles parecem não ter limites!

Além do sucesso de sua carreira musical, Harry também se transformou em um ícone da moda na última década. Sempre impecável, suas roupas são divertidas, extravagantes e inovadoras. E não para por aí: Harry também conquistou seu espaço em Hollywood, estrelando dois filmes como ator principal. E com certeza haverá mais aparições suas nas telonas.

Neste livro, celebramos a espetacular jornada do Harry, com mais de 140 imagens incríveis.

Continue lendo para conhecer mais a fundo o maravilhoso mundo do Harry...

Nota da editora: A publicação original desde livro, em inglês, foi feita antes do trágico falecimento de Liam Payne, colega de Harry na One Direction. Registramos aqui nosso lamento pela perda de um talento tão jovem.

SUMÁRIO

CAPÍTULO 1	**COMO HARRY CONQUISTOU A FAMA**	**7**
CAPÍTULO 2	**CARREIRA SOLO**	**29**
CAPÍTULO 3	**HARRY E A MODA**	**51**
CAPÍTULO 3	**PROTAGONISTA**	**73**
CAPÍTULO 5	**O HOMEM POR TRÁS DAS MÚSICAS**	**92**

CAPÍTULO 1

COMO HARRY CONQUISTOU A FAMA

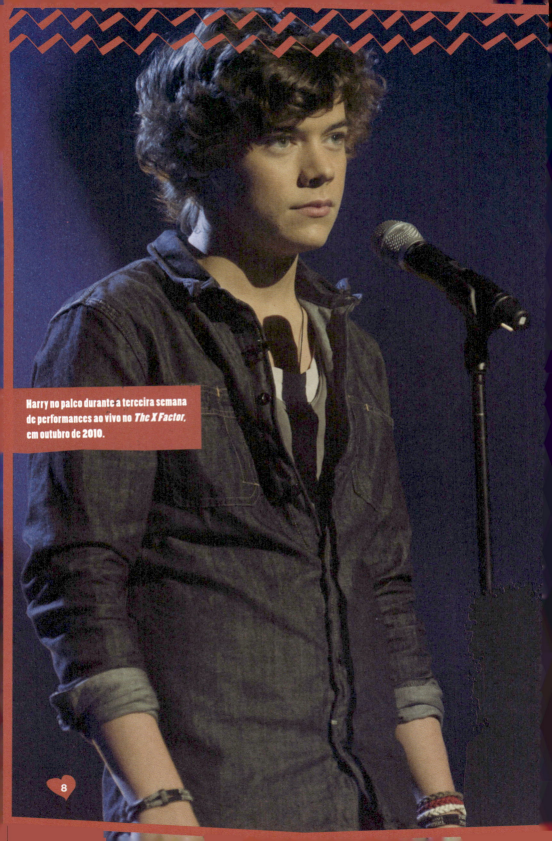

Harry no palco durante a terceira semana de performances ao vivo no *The X Factor*, em outubro de 2010.

COMO HARRY CONQUISTOU A FAMA

"COM APENAS 16 ANOS, HARRY STYLES PARTICIPOU DO PROGRAMA DE TALENTOS THE *X FACTOR*, ONDE CONHECEU SEUS FUTUROS COLEGAS DE BANDA E FORMOU A ONE DIRECTION"

Em 11 de abril de 2010, pouco mais de um ano depois de vencer uma Batalha de Bandas como vocalista da banda local White Eskimo, Harry Styles fez uma audição em Manchester para participar da maior competição musical do Reino Unido, o *The X Factor*, da ITV. O ano de 2010 foi o primeiro em que Harry teve idade suficiente para participar do programa, e ele explicou que queria uma opinião profissional sobre seu talento, afirmando que: "Se as pessoas que podem fazer [uma carreira musical] acontecer para mim não acharem que eu deveria trabalhar com isso, será um grande retrocesso nos meus planos."

Incentivado por sua mãe, Anne, ele subiu ao palco com seu cover à capela da icônica faixa de Stevie Wonder, *Isn't She Lovely*, lançada em 1976. Harry passou para a rodada de treinamentos com três votos "sim"; nela, apresentou sua versão de *Stop Crying Your Heart Out*, do Oasis, mas foi eliminado da competição. No entanto, em uma atitude inesperada, os jurados Nicole Scherzinger e Simon Cowell decidiram convidar Harry de volta ao palco para formar a One Direction ao lado de seus colegas Zayn Malik, Liam Payne, Louis Tomlinson e Niall Horan.

AO LADO: Os meninos posam para fotos em uma coletiva de imprensa antes da final ao vivo do The X Factor em 9 de dezembro de 2010

9

A banda seguiu para a próxima etapa da competição, apresentando-se na casa dos jurados.

Depois de passar duas semanas descobrindo como seria seu som e se conhecendo, a One Direction (um nome amplamente creditado a Harry) apresentou sua primeira música como grupo na casa de Cowell: uma versão acústica e despojada de *Torn*, de Natalie Imbruglia. Nas apresentações ao vivo, a One Direction rapidamente se tornou favorita dos fãs, e Harry, em particular, ganhou popularidade devido à sua personalidade divertida, seu sorriso bonito e seus cabelos cacheados.

Harry lutou contra seu medo dos palcos no início da carreira, frequentemente vomitando antes das apresentações. Apesar disso, ele superou a ansiedade para competir nas rodadas ao vivo. A One Direction ficou em terceiro lugar na final, mas o programa foi o trampolim perfeito para que Harry e o restante da banda lançassem suas carreiras. Pouco tempo depois, eles assinaram um contrato com a gravadora de Simon Cowell, a Syco Music. O impulso dado pelo programa continuou, e a One Direction se tornou mais popular do que nunca, com seu sucesso sendo frequentemente comparado à *Beatlemania*. A banda gradualmente cultivou fãs dedicados e leais, que mais tarde seriam apelidados de *Directioners*.

A carreira de Harry disparou com a One Direction: o primeiro single da banda, *What Makes You Beautiful*, estreou em primeiro lugar nas paradas e lhes rendeu o prêmio BRIT de Single Britânico do Ano. Eles gravaram e lançaram seu primeiro álbum, *Up All Night*, no final daquele mesmo ano, e Harry escreveu três faixas: *Taken, Everything About You e Same Mistakes*.

One Direction se apresenta no Teen Awards da Radio 1 em 2012, onde ganhou os prêmios de melhor single, álbum e performance britânicos.

> "A ONE DIRECTION SE TORNOU MAIS POPULAR DO QUE NUNCA – SEU SUCESSO ERA FREQUENTEMENTE COMPARADO À BEATLEMANIA."

Harry se apresentando no *Teen Awards* da Radio 1, na Arena Wembley, em Londres, em outubro de 2012.

O sucesso de *Up All Night* fez dele o álbum de estreia mais vendido do Reino Unido em 2011, e a One Direction se tornou a primeira banda britânica a alcançar o primeiro lugar com seu álbum de estreia na história das paradas dos EUA, além de ser a primeira banda em 11 anos (desde o *NSync*) a alcançar o topo das paradas de álbuns nos Estados Unidos.

"Nos quatro anos seguintes, a One Direction fez história ao se tornar a primeira banda a estrear seus quatro primeiros álbuns em primeiro lugar nas paradas da Billboard dos EUA: *Take Me Home* (2012), *Midnight Memories* (2013), *Four* (2014) e *Made in the A.M.* (2015). Foi um imenso sucesso, com cada álbum sendo apoiado por uma turnê mundial." Até o momento, estima-se que a 1D tenha vendido mais de 70 milhões de discos em todo o mundo.

Com Harry frequentemente assumindo a liderança nos vocais, algumas das performances ao vivo mais icônicas da One Direction foram a apresentação de *Night Changes* no *Royal Variety Performance* de 2014, o cover de *FourFiveSeconds* de Rihanna e Kanye West no Live Lounge da BBC Radio 1 em 2015, sua última apresentação como banda em dezembro de 2015 no *The X Factor* e, é claro, sua inesquecível aparição no *Carpool Karaoke* (no *The Late Late Show with James Corden*) em 2015. Conhecidos por suas apresentações ao vivo divertidas e imersivas, os ingressos para seus shows principais frequentemente esgotavam em minutos (inclusive, o dia de vendas para a turnê *Where We Are* foi apelidado de "Sábado do Estresse"), e a *Where We Are*, feita para divulgar o terceiro álbum, *Midnight Memories*, se tornou a turnê de um grupo vocal mais lucrativa da história.

Harry cumprimenta o público no palco do MTV Video Music Awards, em setembro de 2012, em Los Angeles.

Com o passar do tempo, as habilidades de composição de Harry floresceram: no segundo álbum da banda, *Take Me Home*, ele co-escreveu *Last First Kiss*, *Back for You* e *Summer Love*, além de algumas faixas bônus, incluindo *Still the One* e *Irresistible* para as edições japonesa, deluxe e iTunes. Em seu último álbum, *Made in the A.M.*, Harry co-escreveu três faixas, incluindo o segundo single: *Perfect*. Estar na One Direction abriu várias portas como compositor para Harry: ele co-escreveu *Just a Little Bit of Your Heart*, da Ariana Grande, para o álbum *My Everything*, de 2014, e Johnny McDaid, do Snow Patrol, falou em uma entrevista em 2016 sobre ter escrito várias canções com Harry. Também foi divulgado que Harry e Meghan Trainor escreveram muitas músicas juntos em 2014. Embora a maioria delas ainda não tenham sido lançadas, a faixa *Someday* foi dada para Michael Bublé em 2016.

AO LADO: Harry no palco do BRIT Awards, em Londres, depois que a 1D ganhou o prêmio Sucesso Global em fevereiro de 2013

ACIMA: Os meninos posam juntos para uma foto da banda no Teen Choice Awards, na Califórnia, em agosto de 2013. A One Direction ganhou todas as seis categorias às quais foi indicada no evento!

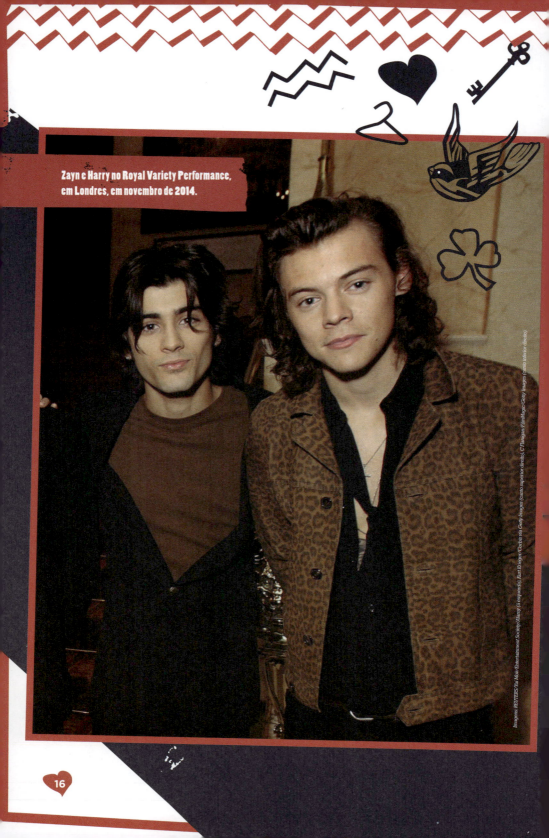

Zayn e Harry no Royal Variety Performance, em Londres, em novembro de 2014.

Liam, Louis, Niall e Harry chegam ao American Music Awards, em Los Angeles, em novembro de 2015.

ABAIXO: No palco em San Jose, Califórnia, em dezembro de 2015, apenas algumas semanas antes da última apresentação da 1D como grupo.

Embora a One Direction tenha continuado após a saída de Zayn Malik no final de março de 2015, Harry sugeriu que a banda entrasse em hiato para evitar "cansar" seus fãs (mais tarde, ele explicou em uma entrevista que não queria "esgotar a crença das pessoas [neles]"). Sendo assim, a banda anunciou que faria uma pausa por tempo indeterminado a partir do ano seguinte. O plano original era permitir que eles se concentrassem em seus projetos individuais, ao invés de separarem a banda completamente, mas ainda não está claro quando, ou se, eles trabalharão juntos novamente. Em uma entrevista para a Vogue, em novembro de 2020, Harry descreveu que, depois de sair de uma banda, você "sente que quase precisa se desculpar por ter estado nela". Ao refletir sobre o tempo que passou na One Direction, ele afirmou que "amou" aquela época e explicou: "Tudo era novidade para mim, e eu tentava aprender o máximo que podia". Mais tarde naquele ano, Harry explicou como ele e seus colegas da One Direction não deixaram que os colocassem uns contra os outros, e chamou a estreia de seus projetos solo de "um próximo passo evolutivo".

Os meninos comemoram o lançamento de seu álbum de estreia, autografando cópias em um depósito da Amazon para a Semana de Ofertas Black Friday, em 21 de novembro de 2011

TAKE ME HOME
LANÇAMENTO EM 9 DE NOVEMBRO DE 2012
2.7 BILHÕES DE STREAMS*

MIDNIGHT MEMORIES
LANÇAMENTO EM 25 DE NOVEMBRO 2013
3.3 BILHÕES DE STREAMS*

*Número de streams com base nos dados do Spotify acerca das produções de cada faixa do álbum, coletado em julho de 2021.
Imagens: Daiju Kitamura/Aflo Co Ltd/Alamy (canto inferior esquerdo); Christopher Polk/Getty Images para Clear Channel (canto inferior direito); Olivia Salazar/FilmMagic/Getty Images (canto superior direito); Tim Mosenfelder/Getty Images (canto inferior direito)

"EU AMO ESSA BANDA E NUNCA DESCARTARIA FAZER ALGO NO FUTURO... ELA MUDOU A MINHA VIDA, ME DEU TUDO."

HARRY EM ENTREVISTA À ROLLING STONE, EM 2017

À DIREITA: No palco do Teen Awards, da BBC Radio 1, em outubro de 2011.

ABAIXO: Harry ocupa o centro do palco no Jingle Ball da Z100, no Madison Square Garden, em dezembro de 2012.

À ESQUERDA: Os meninos posam juntos no Teen Choice Awards da Fox, em agosto de 2013.

ABAIXO: Harry promove o documentário sobre o show da banda, One Direction: This Is Us, em agosto de 2013.

Comemorando o lançamento de Four com uma apresentação no Universal Orlando Resort, na Flórida, em novembro de 2014.

ACIMA: A banda posa junta no Central Park, em Nova York, para uma apresentação no Good Morning America em agosto de 2015.

À ESQUERDA: O fim de uma era; a One Direction anunciou seu hiato no final de 2015.

CAPÍTULO 2
CARREIRA SOLO

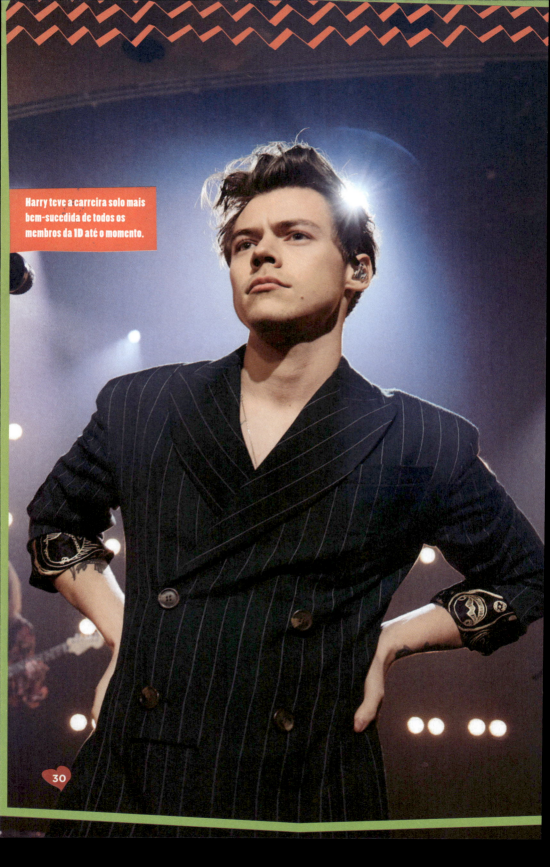
Harry teve a carreira solo mais bem-sucedida de todos os membros da 1D até o momento.

CARREIRA SOLO

"APÓS O ANÚNCIO DO HIATO INDETERMINADO DA ONE DIRECTION, HARRY SEGUIU CARREIRA SOLO, O QUE LHE PERMITIU EXPLORAR VERDADEIRAMENTE SEU PRÓPRIO SOM"

Ao se tornar um artista solo, Harry decidiu se distanciar da equipe de gerenciamento da One Direction, assinando com a Full Stop Management, de propriedade de um amigo de longa data, Jeffrey Azoff. Além disso, ele assinou um contrato de gravação com a Columbia Records e fundou sua própria gravadora, a Erskine Records.

SIGN OF THE TIMES & HARRY STYLES

Harry não perdeu tempo e rapidamente começou a escrever e gravar seu álbum homônimo de estreia. Ele viajou para Port Antonio, na Jamaica, onde passou dois meses com sua equipe de produção em um retiro de composição, gravando o álbum no *Gee Jam Hotel Recording Studio*, além de sessões em Londres e Los Angeles. Tempos depois, Harry descreveria seu primeiro álbum solo como "o momento em que eu realmente me apaixonei por trabalhar no estúdio", afirmando que "adorava aquela parte tanto quanto sair em turnê".

Mudando dos sons pop da One Direction para o soft rock, o primeiro single de Harry, *Sign of the Times*, deu uma prévia do que estava por vir em sua carreira solo. A música alcançou o primeiro lugar nas paradas de singles do Reino Unido, ultrapassando *Shape of You*, de Ed Sheeran, que havia ficado treze semanas em primeiro lugar.

ABAIXO: Se apresentando na festa de lançamento do álbum Harry Styles organizada pela iHeartRadio, em Brooklyn, em maio de 2017.

A canção estreou em quarto lugar na Billboard Hot 100 e recebeu certificado de platina nos Estados Unidos. Os críticos a compararam ao estilo *Britpop*, a Bowie e ao álbum da One Direction *Made in the A.M.* Já o álbum se tornou o segundo de um ex-integrante da One Direction a alcançar o primeiro lugar nas paradas de álbuns do Reino Unido, depois de *Mind of Mine*, de Zayn Malik.

Harry recebeu críticas geralmente positivas depois de seu álbum homônimo de estreia, com o The Guardian se referindo a ele como "um cantor e compositor intimista surpreendentemente talentoso". Entre 2017 e 2018, Harry embarcou em uma turnê para divulgar seu álbum de estreia, se apresentando em locais pelos EUA, Europa, Ásia e Austrália. Os ingressos para os primeiros shows da turnê – realizados em locais menores para proporcionar aos fãs uma experiência mais pessoal – esgotaram em segundos, e os críticos foram rápidos em elogiar suas performances, com um deles se referindo a Harry como "um verdadeiro astro do rock".

INFLUÊNCIA E ESTILO MUSICAL

Harry já mencionou várias influências musicais, incluindo Fleetwood Mac. Muitos fãs destacam seu carinho especial por interpretar *The Chain*, uma das músicas mais emblemáticas da banda, principalmente em apresentações como a do *Live Lounge* da BBC Radio 1. Stevie Nicks, em particular, exerce uma enorme influência no estilo musical de Harry, e ele teve a honra de anunciá-la no *Rock & Roll Hall of Fame* em 2019. Harry usou as músicas que o rodeavam durante a infância como influência no som de seu álbum de estreia, incluindo canções de Fleetwood Mac, Beatles, Rolling Stones e Pink Floyd.

ACIMA: Harry recebe o prêmio da Australian Recording Industry Association (ARIA) de Melhor Artista Internacional em Sydney, em novembro de 2017.

Harry também já citou uma variedade de artistas solo que causaram um grande impacto em seu trabalho, incluindo Freddie Mercury e Paul McCartney. Além disso, ele falou sobre sua admiração por Shania Twain e sobre como ela era sua principal fonte de inspiração, tanto na música quanto na moda. Em outubro de 2020, Twain declarou que trabalhar com Harry seria "uma parceria dos sonhos".

Em termos de estilo musical, muita coisa mudou desde a One Direction. Tanto seu álbum de estreia quanto seu segundo álbum, Fine Line, mostraram que Harry estava experimentando sons mais ousados e variados, incluindo baladas, soft rock, Britpop e pop. Em novembro de 2020, Harry disse à Vogue que "na música é muito importante evoluir" e que seu álbum de estreia foi, em grande parte, "um processo para descobrir qual seria meu som como artista solo".

No palco em maio de 2017 durante o Citi Concert Series no Rockefeller Center, em Nova York.

Dominando o palco no Madison Square Garden, em Nova York, durante a turnê Harry Styles: Live On Tour, em junho de 2018.

> "O SEGUNDO ÁLBUM DE HARRY MARCOU UMA MUDANÇA E EVOLUÇÃO EM SUA MÚSICA, EXPLORANDO SONS MAIS VOLTADOS PARA O POP PSICODÉLICO E SOUL, DISTANCIANDO-SE DO QUE OS FÃS OUVIRAM EM SEU ÁLBUM DE ESTREIA."

COMPOSIÇÕES E COLABORAÇÕES

Iniciar uma carreira solo deu a Harry mais liberdade para explorar suas habilidades de composição, co-escrevendo todas as faixas de seu álbum homônimo de estreia e do Fine Line. É interessante apontar que Harry também co-escreveu músicas para várias bandas e artistas norte-americanos de rock e country, incluindo *Better Than Being Alone*, ainda não lançada, para a Augustana, e *Changes*, para a Cam, em 2020.

Em 2015, a letra da música *Make It Feel Right*, do Kodaline, apareceu no Twitter e levantou muita especulação sobre quem a tinha escrito, até o guitarrista principal da banda, Mark Prendergast, confirmar que ela havia, de fato, sido escrita por Harry. Além disso, Harry co-escreveu com Meghan Trainor a faixa *Someday* para o álbum *Nobody but Me*, de Michael Bublé, em outubro de 2016, e se juntou a Ilsey Juber e Jack Antonoff para co-escrever *Alfie's Song (Not So Typical Love Song)*, que foi interpretada pelo Bleachers e fez parte da trilha sonora do filme jovem-adulto LGBTQIA+ *Love, Simon*. Ryan Tedder, vocalista do OneRepublic, que já colaborou com Harry Styles no passado, o descreveu como um "escritor fenomenalmente talentoso".

WATERMELON SUGAR E FINE LINE

O segundo álbum de Harry, Fine Line, marcou uma mudança e evolução em sua música, explorando sons mais voltados para o pop psicodélico e soul, distanciando-se do que os fãs ouviram em seu álbum de estreia. Tempos depois, Harry descreveria o processo de gravação e composição de Fine Line como o momento em que ele "deixou de lado o medo de errar", se referindo ao álbum como algo "muito alegre e muito livre".

ACIMA: Harry se apresenta com um de seus ídolos, Lindsey Buckingham, no evento MusiCares Person of the Year, em homenagem ao Fleetwood Mac.

ABAIXO: Apresentando-se em Paris durante sua turnê europeia em março de 2018.

35

Diferentemente de sua estreia solo, Harry lançou vários singles para promover o álbum, incluindo a faixa mais marcante, *Watermelon Sugar*, e também *Adore You* e *Treat People with Kindness*.

O single principal, *Lights Up*, foi lançado em 11 de outubro de 2019, estreando na terceira posição das paradas de singles do Reino Unido. No entanto, foi *Watermelon Sugar* que atraiu mais atenção e seu clipe revelou Harry com roupas no estilo dos anos 70, da Gucci e Bode, rodeado por modelos que o alimentavam com frutas. O vídeo foi filmado com uma câmera Arri SR3 de 16mm para criar uma sensação vintage. Por fazer parte de um álbum que explora temas como tristeza, felicidade, términos e sexo – e, em meio à perda de contato humano durante a devastadora pandemia de Covid-19 –, o vídeo se inicia com uma mensagem simples: "Este vídeo é dedicado ao toque."

Harry já mencionou Joni Mitchell como uma de suas influências e, ao começar a gravar *Fine Line*, ele saiu em busca de Joellen Lapidus, a mulher que vendeu a Mitchell seu primeiro dulcimer. O dulcimer foi amplamente utilizado no álbum *Blue* de Mitchell, pelo qual Harry se encantou enquanto compunha as músicas de *Fine Line*.

Harry também recebeu o selo de aprovação de outra de suas grandes influências, Stevie Nicks, que publicou uma mensagem no Twitter afirmando ter ouvido Fine Line durante o isolamento da pandemia e acrescentando: "Parabéns, H.~ este é o seu Rumours…" (*Rumors* é o álbum mais famoso da banda Fletwood Mac, da qual Nicks era vocalista).

O álbum recebeu certificação de platina dupla nos Estados Unidos e platina simples no Reino Unido e na Austrália, além de alcançar grande sucesso e repercussão em outros países ao redor do mundo.

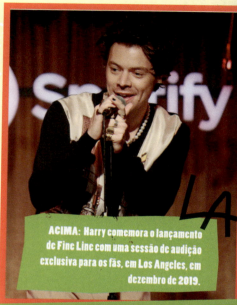

ACIMA: Harry comemora o lançamento de Fine Line com uma sessão de audição exclusiva para os fãs, em Los Angeles, em dezembro de 2019.

ACIMA: Apresentando um set intimista em uma sessão secreta da SiriusXM e da Pandora, em Brooklyn, em fevereiro de 2020.

Em março de 2019, Harry apresentou Stevie Nicks, uma de suas heroínas musicais, no Rock & Roll Hall of Fame.

Harry impressiona a multidão no Coachella Valley Music And Arts Festival, em abril de 2022.

AS IT WAS E HARRY'S HOUSE

O terceiro álbum solo de Harry, *Harry's House*, foi lançado em 20 de maio de 2022 e foi amplamente aclamado. Considerado por muitos como seu melhor álbum até agora, ele combinou um som mais maduro, inspirado no gênero japonês *city pop* dos anos 70 e 80, com algumas das letras mais sinceras e introspectivas de Harry. O single principal, *As It Was*, estreou no topo das paradas dos EUA e do Reino Unido, permanecendo em 1º lugar no Reino Unido por dez semanas. Além de *As It Was*, as faixas *Late Night Talking*, *Music for a Sushi Restaurant* e *Matilda* também entraram no US Billboard Hot 100. Com quatro músicas no top 10 das paradas, Harry se tornou o primeiro artista solo britânico a alcançar esse feito, seguindo os passos dos Beatles, que marcaram o mesmo recorde em 1964.

PRÊMIOS E ELOGIOS

A carreira de Harry o levou a conquistar uma impressionante lista de prêmios e indicações, consolidando-o como uma força criativa tanto aos olhos da indústria musical quanto de seu público fiel. Desde o início de sua carreira solo, ele chamou atenção e ganhou troféus com seu single de estreia, *Sign of the Times*, incluindo um BRIT Award de Melhor Vídeo. Desde então, venceu o Grammy de Melhor Performance Pop Solo em março de 2021 por *Watermelon Sugar* e o BRIT de Single Britânico do Ano pela mesma música.

O sucesso de Harry com a crítica não parou de alcançar novos patamares e, em 2023, ele ganhou dois Grammys por *Harry's House*, levando para casa os prêmios de Álbum do Ano e Melhor Álbum Pop Vocal. Harry acumulou uma quantidade impressionante de prêmios ao longo de sua trajetória. Embora ainda não se saiba o que ele planeja para o futuro, uma coisa é certa: o céu é o limite para este talentoso artista.

O sucesso solo de Harry fez dele um destaque em premiações, tendo ganhado recentemente o BRITs e o Grammys de 2023.

Para os shows da Harry Styles: Live on Tour em 2017 e 2018, Harry escolheu locais menores para proporcionar ao público uma experiência mais intimista.

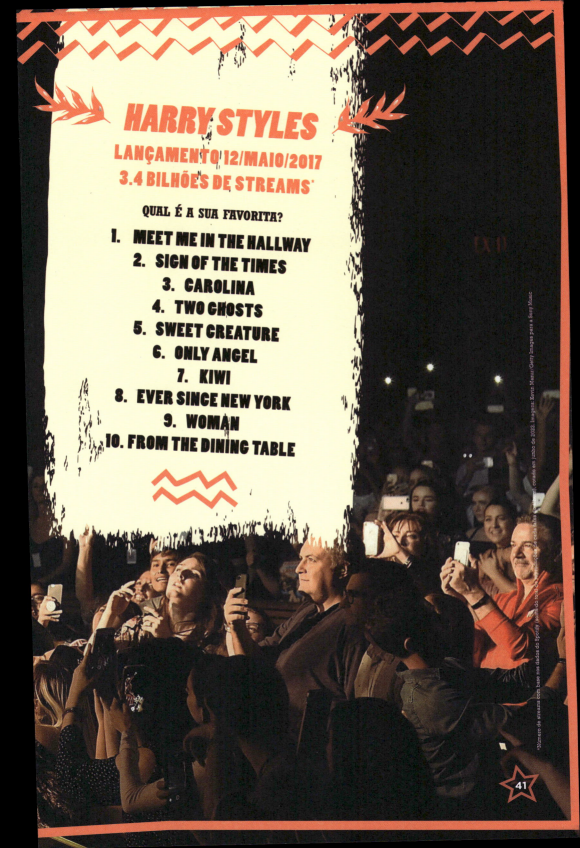

HARRY STYLES
LANÇAMENTO 12/MAIO/2017
3.4 BILHÕES DE STREAMS*

QUAL É A SUA FAVORITA?

1. MEET ME IN THE HALLWAY
2. SIGN OF THE TIMES
3. CAROLINA
4. TWO GHOSTS
5. SWEET CREATURE
6. ONLY ANGEL
7. KIWI
8. EVER SINCE NEW YORK
9. WOMAN
10. FROM THE DINING TABLE

*Número de streams com base nos dados do Spotify (somado do total do reproduções de cada faixa do álbum), coletado em junho de 2022. Imagens: Kevin Mazur/Getty Images para a Sony Music

ABAIXO: Apresentando uma versão mais introspectiva de Falling, do Fine Line, no BRIT Awards de 2020, em 18 de fevereiro.

ABAIXO: Uma apresentação enérgica durante o Citi Concert Series, no Today Presents Harry Styles, no Rockefeller Plaza, em 26 de fevereiro de 2020.

À ESQUERDA: No palco durante uma sessão secreta para a SiriusXM e a Pandora, em Nova York, em 28 de fevereiro de 2020.

À DIREITA: Apresentando-se na iHeartRadio Secret Session with Harry Styles, no Bowery Ballroom, Nova York, em 29 de fevereiro de 2020.

FINE LINE

LANÇADO EM 13/ DEZ/ 2019
6.9 BILHÕES DE STREAMS

QUAL É A SUA FAVORITA?

1. GOLDEN
2. WATERMELON SUGAR
3. ADORE YOU
4. LIGHTS UP
5. CHERRY
6. FALLING
7. TO BE SO LONELY
8. SHE
9. SUNFLOWER, VOL. 6
10. CANYON MOON
11. TREAT PEOPLE WITH KINDNESS
12. FINE LINE

"SE VOCÊ ESTÁ FAZENDO O QUE QUER FAZER, ENTÃO, NO FINAL DAS CONTAS, NINGUÉM PODE DIZER QUE VOCÊ NÃO É BEM-SUCEDIDO, PORQUE VOCÊ ESTÁ FAZENDO O QUE TE DEIXA FELIZ."

HARRY STYLES CONVERSANDO COM A NPR, EM 2020, SOBRE A CRIAÇÃO DE FINE LINE

Se apresentando na Cerimônia de Indução do Rock & Roll Hall of Fame em março de 2019, na qual Harry anunciou Stevie Nicks.

À ESQUERDA: Harry é fotografado no BRIT Awards em fevereiro de 2020, no qual foi indicado como Artista Solo Masculino Britânico e Álbum Britânico do Ano.

ACIMA: Harry se apresentando no Grammy Awards de 2021, em Los Angeles, onde ganhou o prêmio de Melhor Performance Pop Solo por Watermelon Sugar.

À ESQUERDA: Harry faz uma apresentação de tirar o fôlego no Big Weekend da Radio 1, em maio de 2022.

Harry foi a atração principal da primeira noite do Coachella em abril de 2022.

HARRY'S HOUSE

LANÇADO 20/MAIO/2022
3.6 BILHÕES DE STREAMS*

QUAL É A SUA FAVORITA?

1. MUSIC FOR A SUSHI RESTAURANT
2. LATE NIGHT TALKING
3. GRAPEJUICE
4. AS IT WAS
5. DAYLIGHT
6. LITTLE FREAK
7. MATILDA
8. CINEMA
9. DAYDREAMING
10. KEEP DRIVING
11. SATELLITE
12. BOYFRIENDS
13. LOVE OF MY LIFE

CAPÍTULO 3

HARRY E A MODA

Harry, mais elegante do que nunca em um terno Gucci marrom, com uma camisa de colarinho de renda e suas características pérolas, no BRIT Awards, em fevereiro de 2020.

HARRY E A MODA

"MUITA COISA MUDOU DESDE SEUS DIAS DE 1D... HARRY AGORA É CONHECIDO COMO UMA DAS CELEBRIDADES MAIS ESTILOSAS DO MUNDO"

Olhando para fotos de Harry durante sua participação no *The X Factor*, poucas pessoas poderiam prever que ele se tornaria um ícone pioneiro da moda. Ao longo da última década, sua criatividade natural, seu talento para se vestir e seu estilo despojado têm sido incomparáveis. Harry desafia com sucesso as noções convencionais de "moda masculina" e adora experimentar com suas roupas e acessórios, alcançando resultados espetaculares!

A EVOLUÇÃO DO ESTILO DE HARRY

Não é segredo que, de todos os ex-integrantes da One Direction, Harry foi o que teve a maior evolução no estilo. Em seus primeiros dias no *The X Factor*, a banda coordenava seus trajes tricolores, que geralmente consistiam nas roupas típicas dos adolescentes do início dos anos 2010: camisetas, lenços amarrados no pescoço, moletons, camisas e jeans em tons variados. Agora, Harry se tornou uma celebridade bastante procurada por estilistas do mundo inteiro, que querem vesti-lo.

Um designer em particular – o diretor criativo da Gucci, Alessandro Michele – iniciou uma espécie de parceria com Harry, tornando o cantor um muso para a grife.

Essa parceria começou em novembro de 2015, durante a preparação para os *American Music Awards*, que marcaram uma das primeiras ocasiões em que Harry realmente se destacou e assumiu riscos com seu próprio estilo. Destacando-se entre seus colegas de banda, que haviam optado por ternos monocromáticos mais tradicionais, ele usou um terno floral da coleção primavera-verão 2016 de Michele. Seu estilista, Harry Lambert, com quem ele trabalhou por vários anos, decidiu que era hora de experimentar com a imagem de Harry e correr ainda mais riscos.

ABAIXO: Harry chama atenção ao lado de seus companheiros de banda com o terno floral que usou nos AMAs de 2015.

À ESQUERDA: Harry participa da London Fashion Week em setembro de 2014, e assiste à amiga Cara Delevingne desfilar na passarela.

A resposta foi grandiosa, e o terno floral marcou um ponto de virada significativo na história de Harry com a moda. A Gucci se tornou um elemento básico nos looks de Harry, em seus videoclipes para o álbum de estreia, e em todas as suas aparições promocionais. Ele também usou ternos sob medida da Gucci na turnê, cada um com elementos das coleções anteriores de Michele para a marca, como flores, brocado e camisas com laço no pescoço. No verão de 2018, Harry se tornou o rosto da campanha de alfaiataria da Gucci. Harry também apareceu em campanhas posteriores da marca, incluindo uma filmada pelo diretor (e fotógrafo) de *Spring Breakers*, Harmony Korine.

O trabalho de Harry com a Gucci o levou a estrelar alguns de seus filmes publicitários. O primeiro foi sua participação no episódio At The Post Office, terceiro da série *Ouverture of Something That Never Ended*, em que Harry conversa ao telefone com o crítico de arte italiano Achille Bonito Oliva.

Após alguns críticos chamarem o filme de "pretensioso", a Gucci seguiu para o caminho da comédia em sua segunda participação. Com um falso *talk show* noturno apresentado por James Corden, chamado *The Beloved Show*, o filme mostrou a perceptível química da dupla na frente das telas, que se seguia para uma conversa constrangedora nos bastidores.

No entanto, a Gucci não é a única marca que Harry adora usar: entre 2014 e 2016, o cantor usou várias roupas criadas pela Saint Laurent, incluindo uma jaqueta bomber de seda com estampa animal para participar do *Good Morning America*, em agosto de 2015. O estilo de Harry continua a elevar os padrões, fazendo com que muitos na indústria o considerem um ícone de estilo, como fez um artigo da *Glamour*, de maio de 2021, que o chamou de "um dos homens mais bem vestidos do planeta".

O terno floral de Alessandro Michele foi visto como um ponto de virada na jornada de Harry na moda.

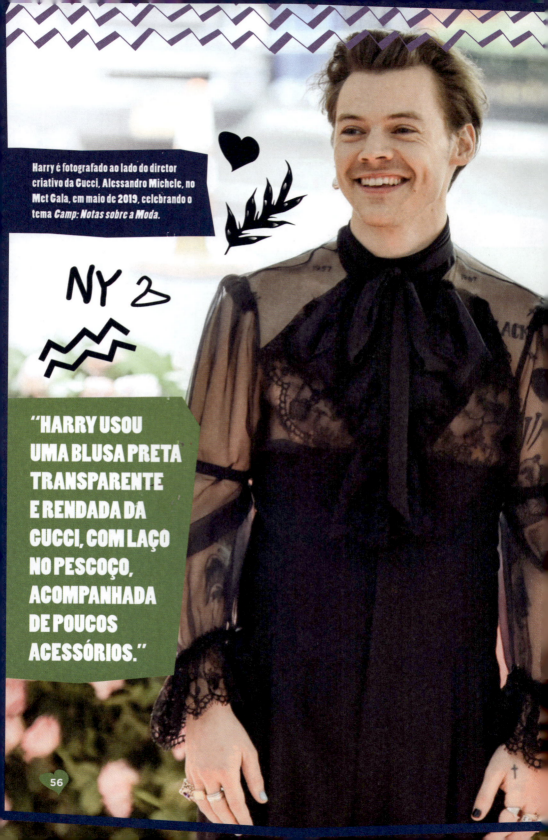

Harry é fotografado ao lado do diretor criativo da Gucci, Alessandro Michele, no Met Gala, em maio de 2019, celebrando o tema *Camp: Notas sobre a Moda*.

"HARRY USOU UMA BLUSA PRETA TRANSPARENTE E RENDADA DA GUCCI, COM LAÇO NO PESCOÇO, ACOMPANHADA DE POUCOS ACESSÓRIOS."

ROUPAS E ACESSÓRIOS ICÔNICOS

Hoje em dia, Harry raramente é visto em um traje totalmente preto ou monocromático. Porém, há uma exceção a essa regra: seu visual icônico para o Met Gala 2019, um evento ao qual ele compareceu acompanhado por Michele, vestindo uma blusa preta transparente e rendada da Gucci, com laço no pescoço, acompanhada de poucos acessórios, incluindo um único brinco de pérola. Embora algumas celebridades convidadas tenham optado por um visual mais seguro, ele foi elogiado por manter o tema da noite, que comemorava a abertura da exposição *Camp*: *Notas sobre a Moda* do Met. Ao falar sobre Harry naquele ano, Michele disse à The Face que ele "era um jovem vestido de forma atenciosa, com cabelo bagunçado e uma voz linda. Achei que ele reunia em si o feminino e o masculino."

Na capa de seu segundo álbum, *Fine Line*, Harry usou um look sob medida da Gucci e colaborou com Michele em uma camiseta, doando parte dos lucros da venda da peça para o *Global Fund for Women*. Além dos looks da Gucci, ternos com estampas ousadas são um item essencial no guarda-roupa de Harry, como o conjunto preto e vermelho com padrão de diamantes da Gucci, usado com uma blusa com laço no pescoço (um estilo que se tornou um dos favoritos de Harry) em sua aparição no *iHeartRadio Music Festival* de 2017. Outro exemplo é o terno metálico roxo com estampa paisley, combinado com botas de cobre, que ele usou no mesmo ano no *ARIA Awards*, em novembro.

ACIMA: O elegante terno preto e vermelho da Gucci que Harry usou no iHeartRadio Music Festival, em Las Vegas, em setembro de 2017.

57

Porém, os ternos não são sua única escolha para cerimônias de premiação. Seu look na apresentação feita no *BRIT Awards* de 2020 chamou bastante atenção, com Harry vestindo um traje que alguns chamaram de *granny chic**: um macacão branco de renda sob medida da Gucci. Na verdade, naquela noite, Harry usou três looks, sendo os outros dois: um terno marrom da grife, com suéter roxo, camisa branca com colarinho de *broderie anglaise* e um colar de pérolas no tapete vermelho, e um terno vibrante amarelo, com lenço roxo no pescoço, da linha feminina de Marc Jacobs, após sua apresentação.

ACIMA: Nos últimos anos, Harry optou por usar um conjunto de pérolas em seus looks.

Em novembro de 2019, durante os ensaios para o episódio do *Saturday Night Live* que ele apresentou, Harry incorporou um visual que fazia menção à Princesa Diana, usando um colete de suéter com estampa de ovelhas da Lanvin, calças de risca de giz e um par de mocassins rosas.

Se o único brinco de pérola que Harry usou no Met Gala de 2019 for algum indicativo, ele definitivamente é fã de acessórios ousados e chamativos. Ele foi visto várias vezes com um boá de penas, incluindo um lilás que usou no 63º *Grammy Awards* em março de 2021, combinado com um blazer xadrez amarelo, colete listrado, calças de veludo e sapatos amarelos, criando um contraste de cores para dar coesão ao look. Para sua apresentação na mesma cerimônia, ele trocou o boá por um verde e vestiu um terno de couro sob medida da Gucci.

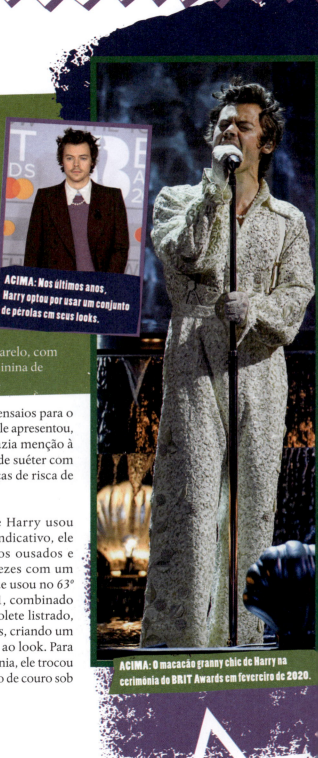

ACIMA: O macacão granny chic de Harry na cerimônia do BRIT Awards em fevereiro de 2020.

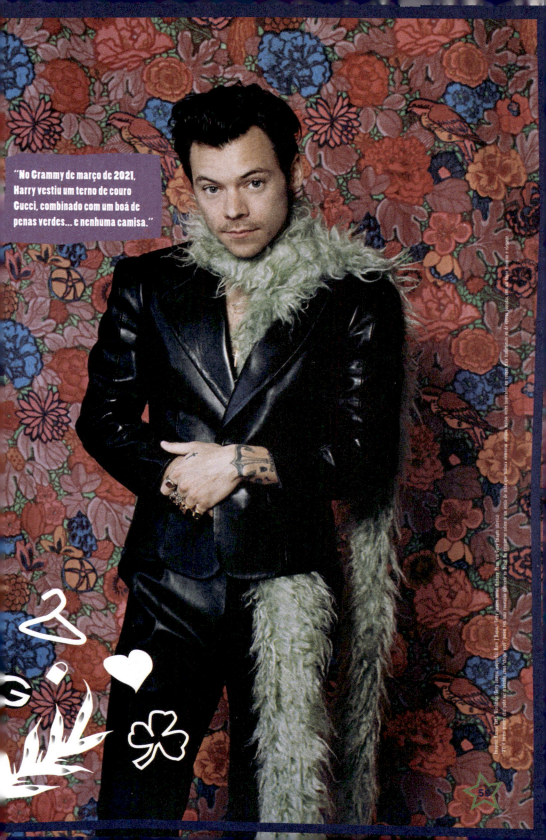

"No Grammy de março de 2021, Harry vestiu um terno de couro Gucci, combinado com um boá de penas verdes... e nenhuma camisa."

FAZENDO HISTÓRIA

Em novembro de 2020, Harry se tornou o primeiro homem a aparecer sozinho na capa da Vogue americana, e o fez em seu estilo mais inovador até então: um vestido branco e preto com detalhes em renda e um paletó de tuxedo duplo, ambos da Gucci. A entrevista abordou uma ampla gama de tópicos, incluindo seu amor pela literatura, sua relação com a moda, seu tempo na One Direction e a mudança para se tornar um artista solo, bem como suas atividades de confinamento e adaptação a um novo mundo após a crise da Covid-19.

A capa polarizou o público: alguns adotaram uma abordagem limitada, ofendendo-se com o fato de Harry usar um vestido, enquanto outros questionaram o quanto ela era revolucionária, como, por exemplo, um artigo escrito pela Dazed, no qual o autor perguntava se "um homem branco, rico, cisgênero e bonito usando um vestido caro na capa de uma revista de moda chamativa" poderia ser "tão revolucionário assim?" A capa deu início a um debate feroz sobre moda e vestimentas com distinção de gênero e contou com conservadores americanos proeminentes, como Ben Shapiro e Candace Owens, expressando sua desaprovação. No entanto, isso não pareceu abalar Harry, que postou uma foto dele comendo uma banana no Instagram, com a legenda *Bring back manly man* (Tragam de volta os homens másculos)", aparentemente zombando dos comentários de Owens. Na verdade, a capa foi um enorme sucesso e repercutiu com tantos leitores que a editora da Vogue, Condé Nast, teve que encomendar mais edições.

Durante a entrevista, Harry falou sobre sua atitude em relação à moda com distinção de gênero, dizendo: "Acho que se tem uma peça que faz você se sentir incrível, é como colocar uma roupa de super-herói. As roupas existem para que você se divirta, experimente e brinque com elas".

CORTES DE CABELO E TATUAGENS DE HARRY

Os cortes de cabelo e as tatuagens de Harry se tornaram uma parte importante de sua imagem inimitável. Em 2016, Harry teve que se despedir de seu cabelo característico, na altura dos ombros, em preparação para seu papel de estreia como ator em *Dunkirk*. Desde então, ele manteve esse estilo, encontrando o equilíbrio perfeito entre um cabelo aparentemente bagunçado e despojado.

Embora seja mais difícil de acompanhar a evolução de suas tatuagens (estima-se que ele tenha mais de 50), algumas se destacam, como as datas de 1967 e 1957 em sua clavícula, que correspondem aos anos de nascimento de seus pais, e o nome de sua irmã Gemma em hebraico em seu braço, tatuagem que ele fez em 2012. Outras tatuagens notáveis incluem a imagem de uma sereia semi-nua em seu antebraço esquerdo, feita em novembro de 2014. Durante uma aparição no *The Today Show*, ele deu uma explicação simples sobre essa tatuagem: "Eu sou uma sereia". Em seu tríceps esquerdo há um esqueleto usando um terno e um chapéu fedora. Não dá para saber o motivo dessa tatuagem, porém o desenho de um aperto de mãos tem um significado claro: representa a igualdade. Já o navio em seu bíceps esquerdo serve para lembrar Harry de que sempre existe um caminho que o leve de volta para casa, mesmo quando ele estiver viajando pelo mundo.

Estima-se que Harry tenha mais de 50 tatuagens, mas apenas algumas delas costumam ser exibidas.

À ESQUERDA: A histórica capa da Vogue com Harry para a edição de dezembro de 2020. Ele usou uma jaqueta e um vestido Gucci, e foi fotografado por Tyler Mitchell.

ABAIXO: Harry usou um terno inspirado nos anos 70, com máscara combinando e um fofo boá roxo no tapete vermelho do Grammys 2021.

À DIREITA: Usando outro terno estilo anos 70, com bolsa de couro combinando, no BRIT Awards, em maio de 2021.

"AS ROUPAS EXISTEM PARA QUE VOCÊ SE DIVIRTA, EXPERIMENTE E BRINQUE COM ELAS."

Harry mantendo o look casual com uma camiseta e jeans durante uma sessão de fotos para One Direction: This Is Us 3D, em agosto de 2013.

Harry chegando a um desfile da Burberry durante a London Fashion Week, em setembro de 2013.

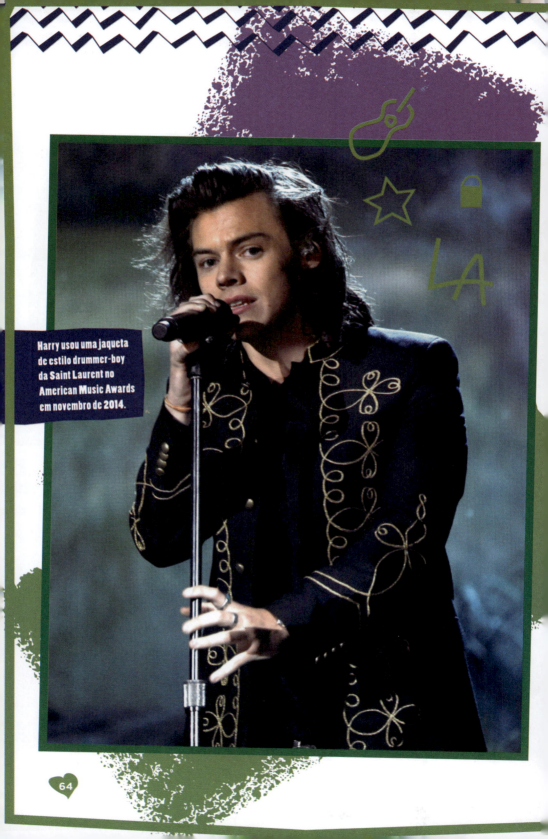

Harry usou uma jaqueta de estilo drummer-boy da Saint Laurent no American Music Awards em novembro de 2014.

Harry (junto com seus fãs!) disse adeus ao seu famoso cabelo comprido em maio de 2016, quando o cortou para atuar em Dunkirk. Desde então, ele tem usado o estilo mais curto.

65

> "O ROSA É A ÚNICA COR REALMENTE ROCK & ROLL."
>
> HARRY CITANDO PAUL SIMONON DO THE CLASH

Harry é o rei dos ternos elegantes – ele já usou uma grande variedade de modelos, padrões e cores ao longo dos anos.

Harry comparece à festa de Halloween da Casamigos em 2018 vestido como Elton John, em um traje brilhante do Los Angeles Dodgers.

Seja por sua escolha de acessórios, joias ou esmaltes, as roupas de Harry sempre chamam a atenção. Os fãs e a mídia mal podem esperar para descobrir qual será seu próximo look!

A combinação do terno de couro com o boá verde de Harry fez a internet entrar em colapso durante sua apresentação no Grammys em março de 2021.

CAPÍTULO 4

PROTAGONISTA

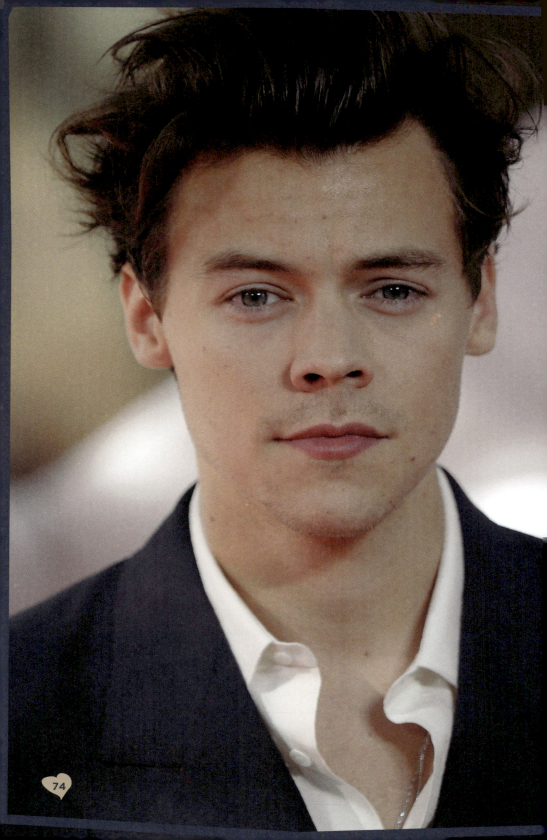

PROTAGONISTA

"A ATUAÇÃO DEU A HARRY A OPORTUNIDADE DE SAIR DE SUA ZONA DE CONFORTO E EXPLORAR UM LADO DIFERENTE DE SUAS HABILIDADES ARTÍSTICAS"

Nós já sabemos que o Harry é um homem de muitos talentos, e não é surpresa que isso tenha se estendido para as telas – grandes e pequenas – nos últimos anos. Embora tenha recebido apenas alguns papéis como ator até agora, Harry demonstrou uma habilidade natural para o ofício, impressionando os críticos e o público com suas atuações, apesar de não ter realizado nenhum treinamento formal. Além da atuação, seu charme e carisma natural fazem dele o apresentador perfeito, capaz de dar conta de alguns dos maiores programas de televisão.

O PAPEL QUE INICIOU HARRY NAS TELAS

Desde pequeno, Harry gostava de atuar nas peças de sua escola, a *Holmes Chapel Comprehensive School*. Em uma entrevista à BBC Radio 1, ele se lembrou de ter interpretado Buzz Lightyear em uma produção bizarra de *Chitty Chitty Bang Bang!* Harry sempre teve um grande interesse por cinema e se tornou fã de Christopher Nolan depois de assistir ao filme *Amnésia*, de 2000. Ele fez sua estreia como ator no longa-metragem de Nolan de 2017, *Dunkirk*, no papel de Alex, representando um dos muitos soldados aliados que tentam desesperadamente deixar a praia de Dunkirk durante a evacuação de 1940.

ABAIXO: Harry fotografado no set de filmagem de Dunkirk, no porto de Weymouth, em julho de 2016.

ACIMA: Harry fotografado com o grande cineasta **Christopher Nolan** em um evento de imprensa de *Dunkirk*, em julho de 2017.

Harry se refere a sua audição como "um processo cego", no qual competiu com muitos atores profissionais por um papel, contracenando com o ator principal do filme, Fionn Whitehead. Ele tinha pouco conhecimento sobre quais papéis estavam disponíveis para o teste e quantos estavam em disputa. Para se preparar para o papel de Alex, Harry assistiu a outros filmes ambientados na Segunda Guerra Mundial, como *O Resgate do Soldado Ryan*, mas admitiu que sua inexperiência pode ter sido, na verdade, útil. "Eu meio que comecei com a sensação de que não sabia exatamente o que estava fazendo", explicou ele em uma entrevista ao The Sun. "Os jovens soldados também não tinham ideia do que enfrentavam ou no que estavam se metendo [...] Ficar um pouco nervoso durante as filmagens me ajudou".

Antes da estreia do filme nos Estados Unidos, Harry disse aos repórteres que, quando soube do projeto, ele "só queria estar envolvido", e explicou que era "uma honra fazer parte dessa história importante". Ao explicar o motivo que o levou a escalar Harry, Nolan disse à AP News: "Acho que eu não sabia exatamente o quanto Harry era famoso". Em nítido contraste, muitos críticos hesitaram em aceitar as escolhas de Nolan para o elenco, e alguns supuseram que Harry poderia não estar à altura daquele trabalho, já que vinha do mundo da música. Em outro momento, Nolan descreveu o personagem de Harry como "nada glamuroso", garantindo que não era "um papel de ostentação" e que ele havia sido escolhido porque tinha "um rosto no estilo de antigamente... do tipo que te faz acreditar que ele poderia ter vivido naquela época". Antes do lançamento do filme, Harry disse: "Ver o tamanho daquela produção foi muito impressionante". E acrescentou que o set de filmagens era "muito ambicioso".

Harry, no entanto, conquistou elogios cautelosos de muitos críticos, incluindo Brian Truitt, do *USA Today*, que escreveu: "O cantor da One Direction, Styles, que aqui estreia como ator, demonstra uma intensidade e uma carga emocional surpreendentes". Sua atuação foi descrita como "cativante" e o colocou em uma longa lista de atores escalados por Christopher Nolan para papéis inesperados, para os quais normalmente não seriam considerados, como Heath Ledger, que interpretou o Coringa no filme *O Cavaleiro das Trevas*, de 2008. Contracenando com nomes como Tom Hardy, Kenneth Branagh e Mark Rylance, o papel de Harry em *Dunkirk* foi o primeiro, mas certamente não o último.

Harry teve a honra de apresentar o The Late Late Show enquanto James Corden estava ausente em 2017 e 2019. Os dois são grandes amigos há muitos anos.

LA

Harry foi o primeiro convidado a apresentar o The Late Late Show, em dezembro de 2017, quando substituiu James Corden de última hora por causa do nascimento de sua filha.

"O MONÓLOGO DE ABERTURA DE HARRY FOI ELOGIADO TANTO POR ESPECTADORES QUANTO PELOS CRÍTICOS".

TRABALHOS NA TELEVISÃO E COMO APRESENTADOR

Além de 2017 ter sido o ano em que Harry fez sua estreia como ator em *Dunkirk*, em maio ele também apareceu no *The Late Late Show with James Corden* todas as noites durante uma semana.

Harry apresentou o monólogo de abertura, cantou suas músicas e participou de seu primeiro *Carpool Karaoke* como artista solo. Um dos esquetes mais memoráveis mostrava Harry sendo parado e interrogado pela segurança nos escritórios da CBS. Ele provava quem era com um olhar sedutor, enquanto James Corden, que vinha logo atrás, tentava repetir o gesto e falhava miseravelmente. Além disso, em seu monólogo de abertura, Harry abordou diversas notícias da época, incluindo as alegações de que Donald Trump teria compartilhado informações sensíveis com o governo russo. Ele brincou, dizendo que Trump havia sido "nomeado funcionário do Mês pela Rússia".

Mais tarde naquele ano, em dezembro, ele voltou ao programa como apresentador convidado para substituir Corden, que teve que ir ao hospital de última hora por causa do nascimento de sua filha. Seu monólogo de abertura foi elogiado tanto por espectadores quanto pelos críticos e alguns foram rápidos em apontar como ele assumiu o papel de apresentador com tranquilidade. Desde então, ele apareceu no programa em várias ocasiões, incluindo outra passagem como apresentador, em dezembro de 2019, na qual jogou uma rodada de Verdade ou Desafio, chamada *Spill Your Guts*, com Kendall Jenner.

O *The Late Late Show with James Corden* não foi a única oportunidade para Harry exibir suas habilidades como apresentador: em novembro de 2019, ele fez o monólogo de abertura em um episódio do *Saturday Night Live*, incluindo diversas piadas, como: "Eu fazia parte de uma banda chamada One Direction. Quão louco seria se eles estivessem aqui esta noite…?" Após um grande suspiro da plateia, ele continuou, com expressão séria: "…Bem, eles não estão", enquanto lançava olhares provocativos e com um *timing* cômico perfeito para o público. Outra aparição memorável na TV foi o especial *Harry Styles at the BBC*, no qual ele apresentou músicas de seu álbum homônimo de estreia, além de algumas faixas cover, e participou de uma entrevista com o DJ da BBC Radio 1, Nick Grimshaw.

ABAIXO: Harry cumprimenta o público no The Late Late Show, em dezembro de 2019, quando foi o apresentador convidado.

ACIMA: O grande amigo de Harry, Nick Grimshaw, o entrevistou durante seu especial de 2017: Harry Styles at the BBC.

CIMA: Usando seu olhar sedutor para provar sua identidade durante um esquete no The Late Late Show, em maio de 2017.

79

À DIREITA: Peyton List, Felix Mallard, Amber Stevens West e Damon Wayans Jr. em uma cena de Happy Together.

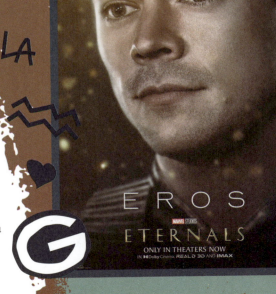

ABAIXO: A participação especial de Harry no sucesso de bilheteria da Marvel Studios, Eternals, surpreendeu e encantou os fãs na mesma medida.

Além de seus papéis como ator e suas aparições na televisão, Harry foi um dos produtores executivos da sitcom Happy Together, da CBS, que foi ao ar entre 1º de outubro de 2018 e 14 de janeiro de 2019. A premissa era vagamente baseada nos 18 meses que Harry passou morando com o produtor Ben Winston, enquanto tentava comprar sua própria casa. A série girava em torno de um jovem casal que permite que um astro do pop se mude para sua casa, estrelando Damon Wayans Jr., Amber Stevens West e Chris Parnell, entre outros. Embora a série tenha sido cancelada depois de dois meses devido a críticas mistas/medianas, ela deu a Harry a chance de assumir um papel fora da tela e aumentar sua crescente lista de créditos.

À DIREITA: Olivia Wilde dirigiu Harry em seu primeiro papel principal como Jack em Don't Worry Darling, que também é estrelado por Florence Pugh e Chris Pine.

ACIMA: Ben Winston trabalha com Harry desde seus tempos de One Direction e também já foi co-produtor executivo do The Late Late Show até 2023.

Outra aparição nas telonas aconteceu em novembro de 2021 com o lançamento de *Eternals (Eternos)*, mais uma adição ao *Universo Cinematográfico Marvel*, no qual Harry fez uma participação especial como Eros, irmão do poderoso vilão Thanos. E enquanto os fãs elogiavam suas cenas no filme, Harry se preparava para lançar sua linha de cosméticos, Pleasing, no mesmo mês, encerrando mais um ano agitado, mas bem-sucedido.

PAPÉIS RECENTES DE HARRY

Harry tem conseguido conciliar suas carreiras na música e na atuação e teve sucesso com seu trabalho em dois filmes lançados em 2022: *Don't Worry Darling (Não Se Preocupe, Querida)* e *My Policeman (Meu Policial)*.

Don't Worry Darling é o quarto projeto de direção da atriz Olivia Wilde, após o longa *Booksmart (Fora de Série)* e os curtas *Free Hugs* e *Wake Up*. No *thriller* psicológico, Harry substitui Shia LaBeouf – que deixou a produção durante as filmagens – no papel de Jack.

O filme se passa em uma comunidade utópica dos anos 1950, e o personagem de Harry esconde um segredo sombrio, enquanto sua esposa, interpretada por Florence Pugh, vive infeliz e descobre verdades perturbadoras.

Este também foi o principal trabalho de Harry como protagonista, e seu sucesso em *Dunkirk* teve um grande impacto nisso. Wilde comentou que a performance dele no filme de Nolan a impressionou profundamente, e Harry disse ter ficado "muito honrado" por ter sido escolhido para *Don't Worry Darling*. A diretora também expressou sua empolgação em tê-lo no elenco: "Ele tem uma verdadeira apreciação por moda e estilo", explicou. "E este filme é muito sobre estética. É um filme com padrão alto e luxuoso, então sou muito grata por ele ficar tão entusiasmado com relação a essa parte do processo – alguns atores simplesmente não se importam com isso".

Além disso, Harry interpretou o papel principal no drama romântico *My Policeman*, lançado em outubro de 2022, baseado no livro homônimo de Bethan Roberts e ambientado na Brighton dos anos 1950. Dirigido pelo produtor e diretor teatral Michael Grandage, o filme gira em torno de um triângulo amoroso envolvendo o policial Tom (Harry), sua esposa Marion (Emma Corrin) e o curador de museu Patrick Hazelwood (David Dawson), que começa um relacionamento romântico com Tom. O romance acompanha o trio na década de 1990, revisitando eventos do passado. Esses acontecimentos, situados nos anos 1950, em uma época marcada pela homofobia – uma década antes de o sexo entre homens ser descriminalizado em algumas partes do Reino Unido –, trazem à tona temas sensíveis e emocionantes.

É um mérito para a habilidade de atuação de Harry terem confiado um papel tão desafiador a ele.

Com papéis tão empolgantes e variados no horizonte, quem sabe o que Hollywood reserva para Harry?

Vamos ter que acompanhar!

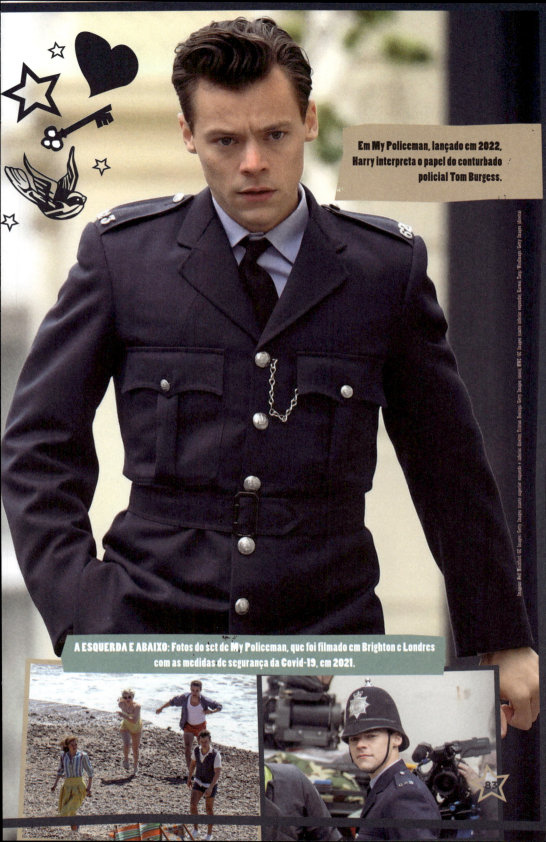

Em My Policeman, lançado em 2022, Harry interpreta o papel do conturbado policial Tom Burgess.

À ESQUERDA E ABAIXO: Fotos do set de My Policeman, que foi filmado em Brighton e Londres com as medidas de segurança da Covid-19, em 2021.

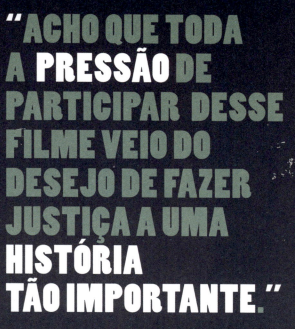

"ACHO QUE TODA A PRESSÃO DE PARTICIPAR DESSE FILME VEIO DO DESEJO DE FAZER JUSTIÇA A UMA HISTÓRIA TÃO IMPORTANTE."

HARRY FALANDO SOBRE SUA EXPERIÊNCIA NAS FILMAGENS DE *DUNKIRK* PARA O *THE JOURNAL*, EM JULHO DE 2017

À DIREITA: Harry filma uma cena de *Dunkirk* na estação de Swanage, em julho de 2016.

ABAIXO: Harry faz uma pausa durante as filmagens de *Dunkirk* com seus colegas de elenco, Tom Glynn-Carney, Cionn Whitehead e Cillian Murphy.

ACIMA: Harry fotografado com seus colegas **Tom Glynn-Carney, Fionn Whitehead e Jack Lowden** em uma sessão de fotos de *Dunkirk* para a imprensa, em julho de 2017.

ACIMA: Harry posa para fotos com os fãs na estreia francesa de *Dunkirk*, em 16 de julho de 2017.

Antes de assumir o papel de apresentador convidado, Harry apareceu no The Late Late Show em maio de 2017 para promover seu álbum de estreia.

Durante sua residência de uma semana no Late Late, em maio de 2017, Harry e James Corden fizeram vários esquetes hilários sobre cantar em momentos inadequados.

ABAIXO: Revisando o roteiro antes do programa, em dezembro de 2017.

ACIMA: Harry faz seu monólogo de abertura durante sua primeira participação como apresentador convidado no The Late Late Show, em 12 de dezembro de 2017.

À DIREITA: Conversando com os convidados Owen Wilson, Jane Krakowski e Joel Edgerton em dezembro de 2017.

À ESQUERDA: Conversando com Tracee Ellis Ross e Kendall Jenner no Late Late em dezembro de 2019.

À DIREITA: Harry substituiu James Corden no The Late Late Show pela segunda vez em 10 de dezembro de 2019.

CAPÍTULO 5

O HOMEM POR TRÁS DAS MÚSICAS

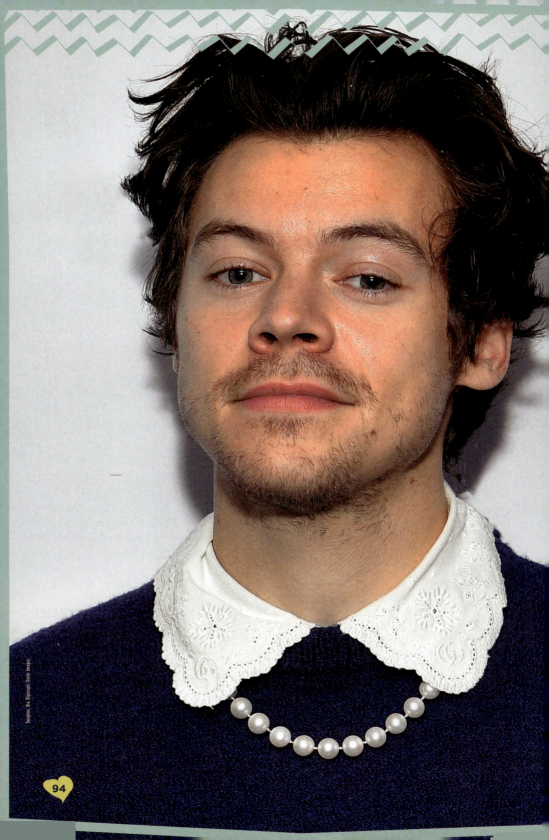

O HOMEM POR TRÁS DAS MÚSICAS

"POR SER UM DOS ARTISTAS SOLO MAIS BEM-SUCEDIDOS DO MUNDO, A VIDA PESSOAL DE HARRY TEM SIDO METICULOSAMENTE ACOMPANHADA PELA IMPRENSA E POR SEUS FÃS"

A ascensão de Harry à fama foi, no mínimo, meteórica. Apesar de ter sido lançado em direção aos holofotes ainda na adolescência, ele sempre manteve os pés no chão. E como acontece com qualquer grande astro, a vida particular de Harry, principalmente seus relacionamentos, exerce um fascínio duradouro sobre o público, pois passa uma visão extra de seu mundo. Então, o que sabemos sobre o homem por trás das músicas?

FAMÍLIA, AMIGOS E INFLUÊNCIAS

Harry Edward Styles nasceu no dia 1º de fevereiro de 1994, filho de Anne Twist e Desmond Styles. Harry e sua irmã mais velha, Gemma, passaram seus primeiros anos na cidade de Redditch, em Worcestershire, antes de a família se mudar para Holmes Chapel, um vilarejo em Cheshire, onde Harry trabalhou em uma padaria durante sua adolescência.

Quando Harry tinha sete anos, seus pais se divorciaram, e sua mãe se casou novamente com seu parceiro de negócios, John Cox, mas eles também se divorciaram alguns anos depois. Harry frequentou a Holmes Chapel Comprehensive School e foi o vocalista de uma banda chamada White Eskimo, que formou com seus amigos Nick Clough (baixista), Hayden Morris (guitarrista principal) e Will Sweeny (baterista). Depois de vencer uma Batalha de Bandas local, Harry decidiu que valia a pena seguir uma carreira musical e abandonou seus planos anteriores de se tornar advogado ou fisioterapeuta. Em 2013, sua mãe se casou com Robin Twist e, assim, Harry ganhou mais dois meio-irmãos: Mike e Amy*. Infelizmente, em 2017, seu padrasto morreu de câncer.

Enquanto crescia, Harry foi fortemente inspirado pelos titãs do mundo do rock'n'roll, como The Rolling Stones, Elvis Presley e Pink Floyd. Ele também já expressou sua admiração pela habilidade de composição de Harry Nilsson e descreveu suas letras como "honestas" porque "ele nunca se esforça para parecer inteligente". Ao falar sobre como se sentiu ao ouvir o álbum *The Dark Side of the Moon* (1973), do Pink Floyd, quando era criança, ele afirmou que "não conseguia entender muito bem", mas se lembrava de "ficar pensando: isso é muito incrível". Levando em consideração quem foram suas principais influências na infância, não é surpresa que sua música solo atual esteja repleta de temas de rock, com camadas de folk e Britpop também.

Harry considera alguns dos músicos contemporâneos mais icônicos como seus amigos. Ele é amigo e já saiu de férias com o ex-apresentador do The Late Late Show, James Corden. A amizade de Harry com Lizzo também chamou a atenção nas redes sociais. Lizzo já participou de várias apresentações ao vivo com Harry, e sua amizade recebeu o apelido de "Hizzo". Além disso, Stevie Nicks e Harry têm uma admiração mútua e foi Harry quem apresentou Nicks no Rock and Roll Hall of Fame. Ele já havia descrito a cantora como alguém com quem "você sempre pode contar", acrescentando que "ela sabe do que você precisa – conselhos, um pouco de sabedoria, uma blusa, um xale; ela resolve tudo". Falando sobre sua amizade com Harry, Nicks o chamou de "o filho que eu nunca tive".

RELACIONAMENTOS

Harry teve vários relacionamentos de grande visibilidade e que chamaram muita atenção, tanto da mídia quanto de seus dedicados fãs. Em 2011, ele esteve romanticamente envolvido com Caroline Flack, o que provocou uma discussão sobre a moralidade do relacionamento entre os dois, já que Flack estava na casa dos 30 anos e Harry tinha apenas 17.

ABAIXO: Harry cresceu em Holmes Chapel, em Cheshire, um vilarejo com uma população de cerca de 5.600 habitantes.

ACIMA: Harry teve uma grande variedade de influências musicais durante sua infância, o que ajudou a moldar sua musicalidade e seu estilo de composição.

Harry fotografado com sua irmã, Gemma, no evento de lançamento da edição outono-inverno da Another Man, em outubro de 2016.

"OS RELACIONAMENTOS FAMOSOS DE HARRY TÊM CHAMADO MUITA ATENÇÃO".

Harry continua sendo amigo de sua ex, Kendall Jenner. Ela apareceu no The Late Late Show quando Harry foi o apresentador convidado, em dezembro de 2019.

Harry foi visto em um encontro com a também cantora Taylor Swift no Central Park, em Nova York, em dezembro de 2012.

Falando sobre seu relacionamento com Harry, a atriz Emily Atack esclareceu que não era nada sério. "Nunca fomos namorados", explicou ela.

Harry namorou a modelo da Victoria's Secret, Nadine Leopold, em 2014/2015. Os dois eram frequentemente fotografados tomando Frozen Yogurt (iogurte congelado) juntos.

ACIMA: O relacionamento e o término do namoro de Harry com a modelo Camille Rowe teria inspirado muitas músicas de Fine Line.

ABAIXO: De janeiro de 2021 a novembro de 2022, Harry namorou a atriz e diretora Olivia Wilde.

Eles se conheceram enquanto Harry participava do *The X Factor* e namoraram em 2011, mas terminaram o relacionamento depois de três meses por causa da atenção gerada pela diferença de idade. Após a trágica morte de Flack, em fevereiro de 2020, alguns fãs especularam que o laço preto de luto que Harry usou no *BRIT Awards* daquele ano havia sido em sua homenagem.

No ano seguinte, Harry começou a namorar a atriz Emily Atack, embora os dois mantivessem o relacionamento em segredo. Dois anos depois, Atack falou publicamente sobre o assunto, dizendo que foi "algo passageiro, apenas uma diversão". Pouco tempo depois, Harry iniciou seu relacionamento mais famoso até hoje, com a também cantora Taylor Swift. Dizem que o casal namorou entre novembro de 2012 e janeiro de 2013. Infelizmente, acredita-se que o relacionamento tenha terminado de forma conturbada, e muitos fãs acham que a música Out of the Woods, de Swift, seja sobre Harry. Durante uma apresentação no *Grammy Museum*, ao explicar a inspiração por trás da música, Swift revelou: "O maior sentimento que tive durante o relacionamento todo foi ansiedade, porque eu sentia como se fosse muito frágil, muito incerto. E parecia que estávamos o tempo todo pensando: 'Ok, qual será o próximo obstáculo?'" Além disso, muitos especularam que, durante uma apresentação da One Direction no VMA de 2013, Swift supostamente teria dito as palavras "cale a p*** da boca", levando algumas pessoas a afirmarem que o término não tinha sido amigável. Embora Harry nunca tenha gostado de expor detalhes de sua vida amorosa, os fãs adoram brincar de detetive e analisar suas letras em busca de pistas sobre quem as inspirou. Muitos acreditam que a música *Two Ghosts*, do álbum *Harry Styles*, seja sobre Swift. Durante uma entrevista de 2017 na BBC Radio 1, quando perguntado se esse era o caso, Harry respondeu: "Acho que é bem autoexplicativo".

À DIREITA: Harry desenvolveu uma amizade adorável com Stevie Nicks, que o chama de seu "pequeno muso".

ABAIXO: "Hizzo" se junta para cantar Juice durante as apresentações de Lizzo em Miami Beach, em janeiro de 2020.

Harry namorou várias outras celebridades, incluindo a cantora Nicole Scherzinger em 2013; Kendall Jenner entre 2013 e 2014, e novamente em 2015 e 2016; a modelo Nadine Leopold entre 2014 e 2015; e Camille Rowe entre 2017 e 2018, entre outras. Acredita-se que Rowe tenha inspirado grande parte de seu segundo álbum, *Fine Line*, e que seja a dona da mensagem de voz que aparece no final da quinta música do álbum, *Cherry*. Até 2022, Harry namorou a atriz e diretora Olivia Wilde, depois que os dois se aproximaram no set de *Don't Worry Darling* – embora o romance no set tenha causado polêmica. Depois disso, namorou a atriz Taylor Russel.

Em março de 2018, a performance de Harry da música Medicine contribuiu para rumores alimentados pela imprensa, devido à letra: "The boys and the girls are here / I mess around with him / And I'm OK with it" (Os garotos e as garotas estão aqui / Eu me divirto com ele / E não tenho problemas com isso). No entanto, rumores sobre sua sexualidade já circulavam anteriormente e alguns fãs discutiam uma teoria de que ele e Louis Tomlinson, seu colega de banda na One Direction, estariam namorando em segredo, apesar de ambos negarem repetidamente. Com uma ampla especulação sobre sua sexualidade, ele optou por não revelá-la publicamente, dizendo ao jornal The Sun, em maio de 2017, que ele "nunca sentiu necessidade" de rotular sua sexualidade.

ACIMA: Harry é um ávido defensor da comunidade LGBTQIA+.

"Acho que eu nunca senti que fosse algo que eu preciso explicar sobre mim mesmo", afirmou. Apesar dos rumores e esclarecimentos, ao longo dos anos Harry deixou claro que apoia a comunidade LGBTQIA+ e é conhecido por balançar bandeiras do Orgulho em seus shows, geralmente dadas a ele por membros da plateia.

FILANTROPIA E ATIVISMO

Harry apoia orgulhosamente várias causas e instituições de caridade. Em 2013, ele se tornou embaixador da *Trekstock*, uma instituição filantrópica que ajuda pessoas com câncer, ao lado de seu colega da One Direction, Liam Payne, arrecadando mais de US$800.000*. Harry também fala frequentemente sobre seu apoio ao feminismo e às causas feministas, endossando a campanha *HeForShe* de Emma Watson em 2014. Porém, em uma entrevista à Rolling Stone em 2020, ele enfatizou que não "queria muito crédito por ser feminista", explicando que "os ideais do feminismo são bastante objetivos" e que a igualdade de gênero é "bem simples". Não é de se surpreender, portanto, que Harry tenha sido chamado anteriormente de "rei do consentimento" por duas modelos, Ephrata e Aalany McMahan, que estrelaram seu videoclipe de *Watermelon* Sugar. Ephrata deu um exemplo durante uma live no Instagram, relembrando como a equipe de produção pediu que Harry tocasse em seu cabelo e brincasse com ele: "E ele disse: 'Espera, espera, espera, pausa – eu posso mesmo tocar no seu cabelo? É realmente ok?'". Ephrata acrescentou: "É por isso que foi tão divertido, porque todo mundo estava muito confortável".

Após o *BRIT Awards* de 2013, Harry teria falado abertamente sobre seu apoio ao *The Labour Party* (Partido Trabalhista do Reino Unido). Em 2017, quando o The Times lhe perguntou em quem votaria nas eleições gerais do Reino Unido daquele ano, Harry declarou: "Honestamente, eu provavelmente vou votar em quem for contra o Brexit". E acrescentou: "Acho que o que ele simboliza é o oposto do mundo em que eu gostaria de viver. Acho que o mundo deveria ser mais sobre união e sobre sermos melhores juntos, e acredito que [o Brexit] é o oposto disso".

No mesmo ano, Harry falou ao New York Times sobre como o "caos externo" do mundo influenciou seu processo de composição enquanto trabalhava em seu álbum de estreia. Ele revelou que *Sign of the Times* foi inspirada pelo "estado do mundo naquele momento", que, na época, incluía o Brexit, a política de Trump e o movimento *Black Lives Matter*. "Acho que teria sido estranho não reconhecer o que estava acontecendo de alguma maneira", acrescentou.

Harry também mostrou que não tem medo de usar a política para causar efeito cômico. Em 2017, quando apresentou *The Late Late Show with James Corden* na ausência de Corden, ele brincou sobre Hillary Clinton estar "formando um grupo chamado *Onward Together*, uma organização política anti-Trump. Especialistas estão dizendo que é um plano ousado, ambicioso… e está seis meses atrasado".

Em 2020, Harry compartilhou um vídeo de campanha do presidente Joe Biden antes da eleição presidencial dos Estados Unidos, apesar de não ser elegível para votar lá, afirmando: *"Se eu pudesse votar na América, votaria com gentileza."* Isso é parte de um mantra que ele adotou sob o slogan *Treat People with Kindness* (Trate as Pessoas com Gentileza), ou *TPWK*, usado para espalhar uma mensagem de amor e aceitação. Ele usou esse slogan em mercadorias da turnê, e nas camisetas temáticas do Orgulho que vendeu para arrecadar dinheiro para a *GLSEN*. Ele também deu esse nome à penúltima faixa de *Fine Line*, que foi lançada como single e contou com a participação da atriz, comediante e escritora Phoebe Waller-Bridge no clipe. Ele também lançou um bot em um site chamado *Do You Know Who You Are?* (Você Sabe Quem Você É?), que permitia que os usuários recebessem mensagens positivas aleatórias que terminavam com a assinatura *TPWK. LOVE, H.* (TPWK. COM AMOR, H.)

ESPIRITUALIDADE E BEM-ESTAR

Harry crê avidamente em carma e já falou abertamente sobre sua espiritualidade, afirmando que é "mais espiritual do que religioso" e acrescentando que é "ingênuo dizer que não existe nada e que não há nada acima de nós ou mais poderoso do que nós". Em 2015, o *Huffpost* informou que durante a Turnê *On the Road Again*, de 2015, da One Direction, Harry viajou por 40 minutos sozinho para ver um templo e "abraçar seu lado espiritual" enquanto estava em Bangkok.

A pressão da fama pode facilmente ser avassaladora, mas Harry sempre tomou medidas para cuidar de seu próprio bem-estar. Em entrevista à *Rolling Stone* em 2017, ele falou sobre sua experiência com a ansiedade durante as turnês da One Direction. "Eu estava sempre com medo de cantar uma nota errada", lembrou ele. "Eu sentia um peso enorme com medo de errar as coisas." Desde então, Harry tem falado abertamente

Ao longo de sua carreira, Harry desafiou com sucesso os estereótipos tradicionais de masculinidade.

ABAIXO: Falando sobre seu trabalho com a Calm em 2020, Harry disse: *"O sono e a meditação são uma grande parte da minha rotina [...] Estou muito feliz por estar colaborando com a Calm em um momento em que o mundo precisa de toda a cura possível"*.

sobre o impacto positivo que a terapia teve em sua saúde mental. Ele também incentiva os fãs a procurarem terapia ou aconselhamento psicológico quando precisarem, ajudando a quebrar o estigma em torno da saúde mental.

Nos últimos anos, para ajudar a se manter saudável, Harry tem seguido uma dieta pescatariana, praticado pilates e meditado duas vezes por dia. Em entrevista à Vogue em dezembro de 2020, Harry explicou: "[a meditação] mudou a minha vida [...] Ela simplesmente traz uma tranquilidade que tem sido muito benéfica, eu acho, para minha saúde mental". No início daquele ano, Harry também se uniu ao *Calm*, um aplicativo de bem-estar mental, para narrar uma história relaxante chamada *Dream with me* (Sonhe comigo). Os usuários podem ouvir os tons suaves da voz de Harry para relaxar e se acalmar.

UM EXEMPLO REVOLUCIONÁRIO

Embora o público em geral talvez nunca saiba realmente quem é o "verdadeiro" Harry longe das câmeras, é claro que seus fãs adoram sua atitude honesta, respeitosa e inclusiva em relação à vida, assim como sua confiança para redefinir o que significa ser um homem moderno, alguém que desafia a ideia da "masculinidade tóxica". Acima de tudo, a mensagem de Harry de "Trate as Pessoas com Gentileza" é algo que todos podem absorver, o que o torna um modelo positivo para os jovens de todos os lugares.

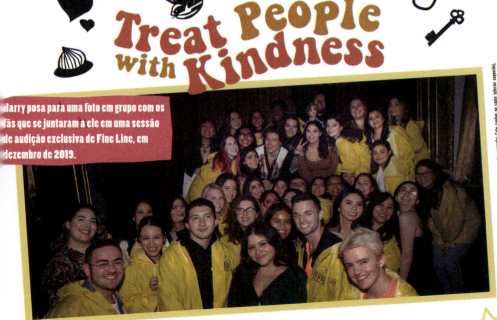

Harry posa para uma foto em grupo com os fãs que se juntaram a ele em uma sessão de audição exclusiva de *Fine Line*, em dezembro de 2019.

Imagens: Kevin Mazur/Getty Images para The Recording Academy (canto superior esquerdo), Calm (ambas no canto inferior esquerdo), Rich Fury/Getty Images para Spotify (canto inferior direito). Brandi Lynn Photography / Alamy Stock Photo (canto superior direito)

"HARRY VINHA E RELAXAVA COM A GENTE. NÓS NUNCA FALÁVAMOS DE TRABALHO. ELE AGIA COMO SE NÃO TIVESSE ACABADO DE VOLTAR DE UM SHOW PARA 80.000 PESSOAS, POR NOITES SEGUIDAS, NO RIO DE JANEIRO."

O PRODUTOR BEN WINSTON FALA À ROLLING STONE EM ABRIL DE 2017, SOBRE A CONVIVÊNCIA COM HARRY NO INÍCIO DE SUA CARREIRA.

Harry fotografado com sua mãe, Anne, na festa pós-BRITs, em fevereiro de 2013.

A irmã mais velha de Harry, Gemma, é escritora e se concentra em temas como feminismo, saúde mental e sustentabilidade.

DIREITA: Harry posa com a amiga e cantora Miley Cyrus nos bastidores do Teen Choice Awards 2013.

ABAIXO: Harry e Ed Sheeran participam da festa de lançamento do livro Fudge Urban Lou Teasdale em março de 2014. Os dois são amigos há anos e até têm a mesma tatuagem do Pingu!

ABAIXO: Harry com as amigas Cara Delevingne e Clara Paget na festa Love Magazine Miu Miu London Fashion Week, em setembro de 2015.

ACIMA: Apresentando Space Cowboy com a estrela do country americano Kacey Musgraves durante seu show em Nashville, em outubro de 2019. Kacey já saiu em turnê com Harry, como seu show de abertura.

À ESQUERDA: Harry se encontra com Kendall Jenner no Met Gala em maio de 2019. Os dois namoraram por alguns anos, mas continuam bons amigos.

109

Em entrevistas, Harry falou sobre como a terapia e a meditação regular têm sido benéficas para sua saúde mental.

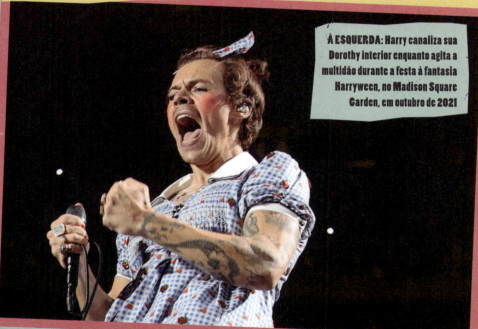

ACIMA: Harry frequentemente tira um tempo para encontrar fãs e posar para fotos. Ele sempre defendeu sua principal fanbase, formada por garotas adolescentes.

À ESQUERDA: Harry canaliza sua Dorothy interior enquanto agita a multidão durante a festa à fantasia Harryween, no Madison Square Garden, em outubro de 2021.

The Story of Harry Styles Editorial © 2025 by Future Publishing. Todos os direitos de tradução reservados e protegidos pela Lei 9.610 de 19/02/1998. Nenhuma parte desta publicação, sem autorização prévia por escrito da editora, poderá ser reproduzida ou transmitida sejam quais forem os meios empregados: eletrônicos, mecânicos, fotográficos, gravação ou quaisquer outros.

EXCELSIOR — BOOK ONE
COORDENADORA EDITORIAL Francine C. Silva
TRADUÇÃO Lívia Magalhães e Daniel Porcaro
PREPARAÇÃO Silvia Yumi FK
REVISÃO Tainá Fabrin e Rafael Bisoffi
REVISÃO TÉCNICA Aline Neves
CAPA E DIAGRAMAÇÃO Fabiana Mendes
IMPRESSÃO PlenaPrint

Dados Internacionais de Catalogação na Publicação (CIP)
Angélica Ilacqua CRB-8/7057

F996h   Future Publishing
         Harry Styles : exclusivo para fãs / Future Publishing ; tradução de Lívia Magalhães, Daniel Porcaro. -- São Paulo : Book One, 2025.
         112 p. : il.
         ISBN 978-65-88513-16-3
         Título original: *The Story of Harry Styles*
         1. Styles, Harry, 1994 – Biografia 2. Música inglesa I. Título II. Magalhães, Lívia III. Porcaro, Daniel

25-1247   CDD 927.8